그리운 날의 수채화

그리운 날의 수채화

초판 1쇄 발행   2021년 1월 20일

지은이 | 전종문
만든이 | 이한나
펴낸이 | 이영규
펴낸곳 | 도서출판 그린아이

등록 연월일 | 2003. 12. 02.
등록 번호 | 제2-3893호
주소 | 서울특별시 은평구 녹번로 6-11, 201호
전화 | 02)355-3035
이메일 | gmh2269@hanmail.net

ISBN 979-11-91376-00-5(03810)

그리운 날의
수채화

전종문 제 10 시집

그린아이

그리운 날의 수채화

외로움이나 그리움은 우리에게 주어진 원초적인 감정이다. 어느 누가 이 외로움과 그리움의 감정을 떨쳐버리고 살 수 있을까. 태어나면서부터 인간은 외로운 존재이고 그 외로움을 떨쳐버리려는 수단으로 관계를 맺기도 한다. 그러나 세월이 흐르면서 그 관계가 그리움을 잉태한다.

우리의 정서 속에서는 이런 감정을 놓고 한편으로는 벗어나고 싶고 또 한편으로는 끌어안고 싶어 한다. 나는 벗어나고 싶지 않은 편에 더 강하다. 이런 순수한 감정을 벗어난다면 내가 어떻게 될까. 내가 아닐 것 같아 겁이 난다. 그래서 기꺼이 외로움과 그리움의 감정을 즐기는 편에 선다. 묵상하며, 먼 곳을 바라보며, 커피를 마시며 쓴맛과 달콤한 맛을 즐긴다. 그러면 그것이 한 폭의 수채화로 내 앞에 펼쳐진다. 나는 나 자신을 사랑하기에 내 감정을 수용하고 존중한다.

여기에 그런 감정들이 어설프게나마 표출되었다. 이것을 여러분과 나누고 싶었다. 특별히 2년 동안 한국크리스천문학가협회의 회장직을 맡아 섬긴 사람으로 나는 회원들로부터 받은 사랑이 크다. 보답할 길이 없어 이 작은 마음을 드린다. 발문을 써 주셔서 시집의 가치를 더해 주신 존경하는 이향아 선생님께 무한한 애정을 드린다. 또한 이 시집이 나오는 데 도움을 주신 강선자, 박숙자, 이순이, 이혜숙, 이분들에게도 고마움을 표한다. 모두 주님의 은혜 안에서 행복하시기를 바란다.

2021년 1월, 삼각산 기슭에서

魚隱 田鍾文

차례

제2부 친구처럼, 아내처럼

차례

제3부 가을에게

제4부 나그네

제1부

그리운 날의 수채화

첫 손님

까치소리도 없었는데
첫 손님이 찾아왔네
그윽한 당신의 마음을 담은 그 모습
하늘도 땅도
면사포 쓴 신부가 되었네
내가 잠든 밤에
먼 길을 우정 찾아왔구나
아, 하얀 세상
새해 아침
하늘은 이 땅에 평화를 선물하고
우리는 기대를 손님으로 맞았네
"금년엔 좋은 일이 많을 거야"

아침

아침은
밤이 저물어서 오는 게 아니다
어둠을 슬며시 밀어내며 온다
그는 승리한 장수처럼
의기양양하게 깃발을 세우고 오지 않는다
새의 깃털처럼 부드럽게
힘이 있으면서도 온유하게
빛으로 세상을 쓰다듬기 시작한다
그는 서두르지 않는다
사납거나 억척스럽지도 않다
첫사랑의 입맞춤처럼 달콤하게
어둠을 어루만진다
물러나면서도 부끄럽지 않도록
어둠을 배려하는
너, 조용하면서도 찬란한 아침이여

언제나 아침이고 싶다

이런 하루

아침에 일어났을 때
창밖의 새소리가 노래로 들리면
당신은 지금 행복한 겁니다

커튼을 제치고 쏟아지는 햇빛에 취해
창문을 열면 감미로움을 느끼게 될 것입니다
당신을 향해 들어오는 바람

창밖의 나무 잎사귀들의 흔들림이
손짓하는 것으로 느껴지면
당신의 마음도 출렁일 것입니다

이 아침을 허락하신 분에게
감사한 마음이 들면
나는 행복합니다, 하고 고백하지 않아도 됩니다

오늘 하루는 어떤 멋진 일이 벌어질까
상상하고 기대하는 외출이라면
당신은 좋은 사람과 좋은 일을 만날 것입니다

하루 일을 마치고 돌아오는 가벼운 걸음
기다리던 아내와 아이들이 안겨오고
쓰다듬는 아이들의 머리에서 향기를 느낄 것입니다

약간 피곤한 몸, 침대에 눕히면 저절로
오늘의 삶이 되새겨지면서 내일의 소망도 찾아오고
어느새 꿀처럼 단 잠이
당신을 점령하게 될 것입니다

봄이 오는 길

마음을 펴게 하는 너른 공간
온화한 기운이 우중충한 얼굴을 씻어낸다

병아리 주둥이처럼
지표를 뚫고 나오는 앙증스런 촉들

남녘에서 오는 꽃소식
사방에서 들려오는 환호성

봄은 하늘에서 내린다
땅속에서 올라오고
멀리서 바람 타고 온다

온 천지가 발정하는 계절
설레는 마음은
멋진 사람 찾아 두리번거리고
그리운 사람은
청순한 소녀의 종아리에 눈이 간다

문득 느껴지는 감각
콩닥콩닥 가슴 뛰는 고동소리가 들리면
봄은 이미 찾아온 것이다

봄바람이 내 창가에 이르기까지

저 멀리 바다 한가운데서 물 위를 걷던 한 줌 바람은
어느 날 파도에 밀려 바닷가 마을에 이르고
거기 유채꽃 흐드러진 밭고랑에 앉아
세상에 이런 것도 있구나 싶어
나비의 날갯짓을 넋 놓고 구경하다가
너른 들녘에 이른다
아롱거리는 아지랑이를 바라보는 동안
스르르 감기는 눈꺼풀
얼마나 잤을까, 충그린 시간에
화들짝 놀라 깨어
논두렁에 삘기 싹이 돋지 않았나, 신칙하다가
저녁때가 되어
가파른 언덕과 산을 넘었다
비단 폭처럼 흐르는 강물을 보며
새벽녘에 모래와 자갈밭을 걷다가
자맥질하는 물새에게 수작도 걸어본다
복사꽃, 진달래 피는 마을 지나
아침나절에 느긋하게
내 창가에 이르러

게으른 하품을 하며
기지개 켜는 나를 바라본다
바람이 봄을 이끌며 온 것이다
그렇게 해찰하다 겨우 찾아온 것이다
그래서 때로 봄날은 나른하다

낙엽 지는 봄

갈바람 싸늘한 봄
꽃 피는 이 봄에
하염없이 지는 낙엽을 보네
봄 지나면 여름 오듯
꽃처럼 내리는 함박눈은
가을 지나면 내리지
하얗게 쌓인 눈을 생각하며
백설같이 깨끗한 나라를 보네
우리 어머니, 아버지 가신 나라
날 두고 가신 나라
보고 싶고 그립다 하니
조금 있다 와서 서로 보자네
꽃비 내리는 저녁나절
낙엽처럼 지는 봄이여
가을에 질펀하게 누워 차가운 봄을 맞네

참 이상하다

참 이상하다, 이 사람은
이른봄에 불어오는 바람 같다
아직 쌀쌀하게 느껴지는데
잡아보면 그 손으로 전달되어 오는 마음
놓기가 싫다
그 바람으로 땅을 녹이고
새싹이 손가락 같은 얼굴을 내밀듯
궁금할 만하면 찾아온다
무슨 일 있느냐고 물으면
그냥
그리고 빙긋이 웃는다
싱겁다
요란하지 않다
찬바람 속에 든 온화함이다
방해될 것 같다며 붙잡아도 제멋대로 간다
참 이상하다
재미없는 그가
오래 소식이 없으면 궁금한 것이

빗소리

조곤조곤
비가 내리는 날에는
귀를 열자
뭘 얘기하려나
쫑긋이
귀를 열고 듣자
낮은 속삭임
마음에 떨어져 번지는
음률의 소리
평안의 소리
그 품에서 잠들고 싶은 소리

왜 왔었을까

햇빛이 다사로운 날
앞집 아이가 찾아왔다
마루에 앉아 있는 나에게
햇살보다 더 부드럽게
무슨 일이야?
씹고 있던 무료를 뱉으며
나는 반가워서 물었고
아이는 옆에 조금 앉았다가 돌아갔다
"그냥"
단 한마디 남겨놓고
이사를 갔다

봄은 어디서 오는가

봄은 어디서 오는가
하늘 끝, 저 건너편에서 한가로이 노닐다가
은하수를 건너 은밀하게
햇살 타고 찾아오는가
네 살결이 내 어머니 품 같구나

봄은 어디서 오는가
바다 건너 그 어디쯤에서 꾸물거리다
대숲을 거쳐 은근하게
바람 타고 찾아오는가
소꿉친구 순이의 마음처럼 부드럽구나

봄은 어디서 오는가
얼음장 깨지는 소리에 화들짝 놀라
힘 모아 굳은 땅 밀어올리며
움트는 새순과 함께 올라오는가
네 모습이 막 말 배우는 아기 입술이구나

봄은 어디서 오는가

온 하늘을 환호하게 하는 봄이여

온 땅을 들뜨게 하는 봄이여

잠든 영혼을 깨우는 너는

슬그머니 내 마음도 달아오르게 하는 그리움

편지

밤새 써서 보낼 사연도 없고
지금은
받아볼 사람도 없습니다
그래서 보내지 않았습니다
그럼에도 뜬금없이 기다려지는 이유는 뭘까요
손으로 쓴 편지
마음이 담긴 누군가의 편지가

다사로운 햇빛이 찾아왔습니다
봄바람이 추위를 몰고 간 뒤
그리움처럼 내 창가를 넘실거리는 부드러움
나뭇가지마다 움이 트게 하는 따스함

지금쯤 잠에서 막 깨어났을까요
귀 기울이면 소곤거림이 들리는 들녘
보리밭 위에 종달새 울음이 얹혀 있을까요
고향 떠나온 지도 수십 년이 넘었는데
유채꽃 노란색이 아직도 아른거립니다
모두들 어디서, 어떻게 살고 있을까

창가를 넘실거리는 다사로운 빛

그게 지금은 내게 배달되는 유일한 편지입니다

달빛

조요하게 내려온 달빛
은근하게 기웃거리네
내 창문
아직도 안 자냐?
방문 열어보시던 어머니
그 숨결 같은 달빛에
마음은 잠들지 못하고
그 언저리만 서성이네

커피 한 잔의 위로

커피 한 잔이 위로를 주네
비 오는 날에는
창밖을 보며
내일보다 어제를 생각하네
아스라이 멀어져간 날들
슬펐던 일도 그리움으로
즐거웠던 일도
커피 맛을 돋우네
쓸쓸한 것이 내 인생 같아
커피 한 잔으로 위로를 받네

호수

사모하는 마음으로 허기진
빈 가슴
그림자만 보여도 품는 열정

일그러졌으면 일그러진 대로
흘러가면 흘러가는 대로
그대로를 받아들이는 너는
뜨거우면 뜨거운 대로
차가우면 차가운 대로
품에 안고 가끔씩 가슴앓이를 한다

맑은 하늘이 안겨오면
네 마음도 티없이 맑고
뭉개구름 흘러가면
같이 흘러가 주었다

형체 숨기고
예고 없이 불쑥 찾아오는 바람도
출렁이며 반가워

파장으로 응대하는 너

푸른 산, 푸른 나무는
네 가슴에서 푸르렀고
저녁 노을 농익으면
아쉬움에 목마르다

사뿐히 어둠이 내려오는 시간
비로소 너는
고요에 누워
쏟아지는 별빛을 안고
열정을 식힌다

어머니는 봄입니다

어머니는 봄
봄은 어머니처럼 따뜻합니다
가슴 헤치고 자식들에게 젖을 물리듯
봄은 젖가슴처럼
부드럽게 언 땅을 녹입니다

봄의 품에서
대지는 새싹을 내고
나무들도 잎눈을 냅니다
그리고 무럭무럭
어머니 품에 안긴 자식들처럼
푸르게, 푸르게 자랍니다

어느덧 나무들이 울창해지면
모든 걸 여름에 맡기고 봄은 떠납니다
자식들도 자라면 어머니를 떠나고
어머니도 자식을 떠납니다

여름이 왔습니다

앞으로 가을이 오고
또 겨울이 온다는 걸 모르는 걸까요
나무들은 봄을 잊지 않고 제자리 지키지만
더러 어떤 자식들은 제 어머니를 잊습니다

그리운 노래

이럴 때 노래는
부르기보다 듣는 게 좋다

이럴 때 좋은 노래는
지난날 들었던 걸
기억하는 게 더 좋다

세상이 모르는 최고의 성악가
악보도 없는
아무도 부를 수 없는 곡을
누가 들어주는가, 개의치 않고
혼자서
자유스럽게 부르셨던
반짇고리 앞에 두고
우리의 해진 옷을 꿰매면서
흥얼흥얼
부르시던 콧노래
외로우셨을까
그리우셨을까

구부러진 어깨 위를 넘나드는 세월
침침한 눈앞에 어른거리는 세월
희롱하며 부르셨을까
아쉬워하며 부르셨을까
지금까지 들은 수많은 노래 중에서
앞으로 들을 수많은 노래 중에서
내가 또 들을 수 있을까
이렇게 감미로웠던 노래
이렇게 평안을 주던 노래
다시 듣고 싶어도 들을 수 없는
귓가에 여전히 맴도는
그리움의 노래
마음으로 채집하면서 문득
내가 혼자라는 사실에 젖는다

짤막한 봄

천천히 왔다가
서둘러 가는 봄
매화가 피었다가
수수꽃다리가 향기를 내면
뱀 아가리에 든 개구리처럼
속절없이 너는
여름에 삼키운다
아리땁던 꽃들은 녹음에 빠져들어
헤어나오지 못하고
얼음을 녹이던 따스함은
무더위에 지쳐 버린다
짤막한 봄아
그래서 너는 애련하다
살을 에는 추위에는 맞서더니
지금은 가냘픈 숨소리조차 거두고
멀찍이 종적을 감추었구나
그래도 나는 너를 잊을 수 없다
내 언 볼에 남긴 흔적
그 싸늘한 날에
부드러움이 뭔가를 알려주었지

손잡이

찻잔에도 붙어 있고
술잔에도 붙어 있습니다
손잡이

손쉽게 잡으라고
누구든지 잡으라고
언제나 손을 내밀고 있습니다
헤프게 내밀고 있습니다
애처로운 손잡이

외로워서일까요
사랑을 나누고 싶어서일까요
안타까운 손잡이

뚜껑

높은 자리에 앉는 것을 원치 않는데
교만하다고 하지 마세요
사람들은 언제나 나를 위에 올려놓습니다
헤벌쭉하게 열려 있는 아가리를 닫으라고
먼지나 이물질이 들어가지 않도록
막고 있으라고
그래서 내 할일은 항상 아가리 위에 앉아 있는 겁니다
때로 무료하기도 하지요
고스란히 노출된 내 머리는
따가운 햇볕에 여름엔 벗어질 것 같고
한겨울엔 건드리면 쨍 하고 깨어질 것 같습니다
이럴 땐 정말 이곳을 벗어나고도 싶은데
그럼에도 그 자리에 우직하게 앉아 있는 것은
나 스스로 떠날 수가 없어서입니다
한마디로 무능한 겁니다
그래도 내가 위로를 받는 것은
나를 외면하지 않는 친구들 때문입니다
바람이 밤낮으로 찾아와 살갑게 만져주고
땟국을 씻으라고 비가 내리고

햇빛이 그윽히 내려와 감싸주고
밤에는 별들의 속삭임을 들을 수 있습니다
그뿐인가요
주인님이 곁에 심어놓은
채송화 봉숭아 맨드라미 코스모스
철을 바꿔가며 내 메마른 정서를 자극하지요
가끔씩 주인님은 정성스럽게,
아주 정성스럽게 내게 낀 먼지를 닦아줍니다
이런 사랑을 받으며 내가 어찌 불평할 수 있을까요
교만하다고, 무능하다고 폄하하지 마세요
그래도 나는 내 자리에서 내 일을 합니다
항아리 속에 든 간장, 된장, 고추장
맛나게 숙성시키고 보관하기 위해
견디고 있는 겁니다
유능한 당신은 지금 제자리 지키고 있습니까

챙

얼굴에
쏟아지는 직사광선을 막아주려고
그늘을 지어주려고
땡볕을 고스란히 받는
모자에 붙어 있는 챙
자기가 왜 거기에 붙어 있는지를 알까
자기가 무슨 일을 하고 있는지를 알까
모르면서도
누가 알아주든 말든
붙여준 대로 자기 자리 지키며
고맙다는 말 한 번 들어보지 못하고
모자의 한 부속품으로
생을 바치는 챙

제2부

친구처럼, 아내처럼

여왕의 행차

여왕이 오시는 달에는
하늘도 땅도 바쁘다

아지랑이 아른거리는 푸른 하늘은
종달새로 노래하게 하고
여왕이 걷기에 불편하지 않도록
땅은 온갖 꽃을 피어내
마음부터 기쁘게 해 드린다
사람들은 가정의 달을 만들어
어린이들이 뛰놀게 하고
어버이와 스승의 은혜를 기린다

여왕이여, 이제 오시라
화사한 왕관을 쓰고 오시라
발에 끌리는 연분홍 드레스를 입고 오시라
사뿐사뿐 오시라
대문 활짝 열어놓고 환영하는 집집마다
행복의 미소를 머금고 오시라
당신의 행차에 세상은 따스해지고

만나는 사람마다 서로 손잡고
얼굴을 부비며
끝내는 가슴을 열어 품고 싶으리라

여왕이 찾아오시는 푸른 오월은
착한 사람들의 가슴, 가슴마다
사랑이 넘실거리는 계절

청명한 날

5월
밤이 새도록 비는 내리다 개이고
미세먼지가 씻겨간 날에
먼 산이 가까이 다가오고
세상이 새파란데
난데없이
청명한 하늘이 서럽다
어머니 젖가슴 사이
땀과 한숨이 골을 타고 흐르고
얘들아, 뛰어놀지 말아라
배 꺼진다
그윽이 내려다보시던
선량하지만 가난했던 눈망울
그 사랑에 배불렀던
그 시절은
어머니와 함께 멀리 갔지만
이따금씩 가까이 다가오는
청명한 날의 그리움

비 오는 날

비 오는 날은
하늘이 우는 날
주룩주룩, 주룩주룩
검은 하늘의 울음소리
종일 들으며 먹먹해진다
왜 세상은 하늘을 울리는가
그 눈물로 땅을 적시는 하늘의 아픔
가슴을 치는 사람이 없다

울고 싶을 때
하늘이 먼저 울어주시는
오늘은 비 오는 날

나른한 풍경

여름이라는 그늘 밑에서
혼곤히 잠든 하늘
찌는 더위에 익혀졌나
구름은 갈 길을 잃었고
바람이 오던 길에서 멈추어 섰다
소금 범벅의 젓갈 같은
고요 속에서
찍어 누르는
뭔가 터질 것같이 팽창한 시공간
잎사귀들은 모두 혀를 빼물고
들리지 않는 헐떡이는 소리를 낸다
모두가 가쁜 숨을 죽이고 있다
나른하다

바람 한 점

이렇다 하는 신호도 없는데
한낮이 되자 모두가 엎드렸다
일어서면 총알에 맞기라도 하는가
모두가 알아서 납작하게 엎드렸다
항복은 말로 하는 게 아니란 듯
그 위로 불덩이가 내려앉아 짓눌렀다
누구 하나 미동도, 아얏 소리도 못하고
저녁때까지 견딜 판이었다
그때 한 점 바람이 오면
소원은 오직 바람 한 점
비로소 일어설 판이었다
지루하고 숨 막히는 시간은
멈추어버린 듯하면서
등줄기 위를 더욱 곤혹스럽게
스멀스멀 기어가고 있는 것이었다

공원 벤치

서 있기가 힘들면 공원으로 가자
피곤한 몸 내려놓아도 누가 뭐라지 않는
벤치에 앉자

주인이 따로 없는 공원 벤치
누구나 앉으면 그가 주인이다
앳된 소녀가 앉았다 일어난 자리
이 늙은이가 앉으면 내 자리다
각박한 세상에
이렇게 앉기 쉬운 자리가 어디 있는가
이렇게 인심이 후한 자리가 또 어디 있는가

높은 자리에 앉기 위하여
거짓으로 마음 사로잡고
때로 싸우기도 하고, 잘난체도 해야 하는
세상의 그런 자리를 내가 왜 탐하랴

언제라도
무거운 궁둥이 가볍게 내려놓고 앉아

먼 산 바라보며
푸른 하늘 우러러보며
새소리 들은들
풀벌레소리 들은들
그 누가 말리랴
나무들이 뿜어내는 그윽한 향취
내 어찌 거절하랴

높은 자리, 낮은 자리 구별 없는
공원 벤치에 앉아
느긋하게 누리는 자유
자유스러운 사유

바람아, 네 마음을 조금은 알 것 같아

바람아
네 마음을 내가 어찌 다 알랴만
살랑살랑 부는 것은
젊은이의 마음을 부추기는 것 같아
사랑하라고

우악스럽게 쳐들어오는 것은
아마 참기 어려워서일 거야
확 다 쳐부수고 싶은 심정
돌아가는 세상을 보면 알 것도 같아

그래도 바람 한 점 없는 한여름보다
조금 싸늘하게 느껴지는 네가
오늘은 좋구나
갈무리하라고 조심스럽게 다가왔네
찬바람 일기 전에
마지막 온기
누구엔가 전하라는 뜻인가

바람아

네 마음을 조금은 알 것 같아

세상을 살다 보니

여름날

바람은 조느라 정신없고
스스로 가누지 못한 나뭇잎은
하나같이 축 늘어져 있다
매미만 시끄럽게 잠든 세상을 깨우는 한나절
제구실하겠다고 이글거리는 태양빛은
직선으로 내리꽂히는데
부채질하기도 귀찮고
땀 닦아내기도 귀찮아
앓느니 차라리 죽으련다고
마룻바닥에 몸 부려놓고
지그시 눈을 감았다
떠오르는 그 어느 싱싱하던 날
같이 걸었던 바닷가
파도소리만 생각하며
오지게 늙어간다

그리운 옛 동산

저 언덕 너머 (저 언덕 너머) 그리운 옛 동산
나지막했던 그 동산에
종달새 우짖고 제비꽃 피-면
아롱아롱 아지랑이 아롱거렸지
한가로이 새털구름 조는 듯 쉬어가던
그 시절 거기에 누워
그 시절 거기에 누워
내 꿈은 여물어 갔네
이제는 누가 오를까 (누가 오를까)
그리운 옛 동산

저 멀어져간 (저 멀어져간) 그리운 옛 동산
눈에 밟히는 그 동산에
어머니 그리운 청명한 날이면
울컥울컥 눈시울이 뜨거워졌지
팔베개로 머리 괴고 하늘 우러러보면
그 마음 어루만지던
그 마음 어루만지던
친구야 어디로 갔나
지금도 그리어 본다 (그리어 본다)
그리운 옛 동산

까치네 집

나무 꼭대기쯤에
푸른 하늘 이고
마른 나뭇가지 얼기설기 얽어놓은
까치네 집
태풍 훅 불면 날아갈 것같이
허술하기만 하다
위태롭기만 하다
그래도 지난밤 폭우에 끄떡없이 버티었고
그래도 지난날 태풍에 무사했다
지붕 없이 열려 있어
눈비마저 가릴 수 없어도
아늑한 보금자리
까악, 까악!
까치네 가정의 평화
까치네 가정의 사랑
아랫마을
튼튼하게 세워진 기와집을 내려다보며
간간이 들려오는 사람들의 불협화음들
아랑곳없이

까치는
귀한 손님이 오시는가, 기다리며
노래만 부르고 있다
까악, 까악, 까악!

여름에 삶을 생각한다

여름에 덥다고 하지 말자
더우니까 여름이다
참으면서 견디어야 하는 계절
여름이 이유 없이 덥겠는가
창밖을 보라
무성한 나무들이 잎사귀를 늘어트리고 있다
견디고 있는 것이다
창공을 보라
한 마리의 새라도 날고 있는가
숨을 헐떡이며 참고 있는 것이다
우리도 무더위에 몸을 맡기고
견디는 연습을 해야 한다
무더워야 하는 여름을 깨달으며
오히려 참아야 한다
어차피 우리네 인생
미련하다 할 정도로 참고 견디며
억척스럽게 적응하고 사는 삶이 아니던가

시원하게 여름 넘기는 법

밀가루 음식 별로였는데
아내 따라 먹다가
냉면을 좋아하게 되었다
얼음조각 둥둥 뜬 물냉면

아들 내외를 불러내자
저들이 시원하게 먹는 걸 보면서
이 여름을 넘기자
예쁜 녀석들이 먹는 걸 보면
우리도 더불어 시원해지겠지

밥상머리

아버지와 나는 자주 겸상을 했다
형들은 분가를 해 집을 떠났고
내가 잠시 아버지의 농사를 도울 때였다
보리밥에 김치쪽 얹어 맛나게 잡수시던
아버지는 말씀하셨다
"돈이란 벌기보다 쓰기가 어려운 법이다"
식사를 마치시고 숭늉을 시원하게 마시면서
"몸이 높아지면 마음은 낮추어야 하느니라"
그리고 아버지는 가셨다
나는 생전에 우리 아버지께서
스스로도 천하게 여긴 농사일조차
벗어던진 적을 보지 못했고
돈 한번 크게 벌어서
호기있게 쓰시는 것도 보지 못했다
나 또한 지금까지
높은 자리에 올라본 적 없고
돈 한번 시원하게 쓸 만큼 벌어본 일도 없다
그럼에도 밥상머리에서 들려주신 아버지 말씀
지금도 잊히지 않는 이유를 모르겠다

아버지

이렇게 뜨거운 날에도
겨울 찬바람을 생각지 않으련다
태양열보다 더 뜨거웠던 분
당신은 뜨거운 것을 피하지 않았고
뜨거워야 곡식이 잘 여문다고
땀으로 옷을 적시며
뜨거움 속에서 사셨던 분
그 열정으로
뜨거움을 이기는 것은
차가움이 아니라는 것을 가르쳐주신
이렇게 뜨거운 날에는
더 뜨거웠던 아버지를 생각하련다

흉내

모자 가게를 그냥 지나칠 수가 없어
중절모 하나를 샀다

모시옷이 입고 싶다고 했더니
말끔하게 아내가 준비해 주었다

아버지가 입으셨던 모시옷 나도 입고
아버지가 쓰셨던 중절모 나도 쓰고
하얀 고무신 닦아 신었는데
50년 전 세월로 되돌려졌는가
어설프다

평생을 땅에 엎드려 사셨던
책임을 다하지 못하면 죽는 것만 못하다고
자식들 교육을 최우선 책임으로 아셨던
내 아버지

흉내라도 내고 싶은 아버지의 아들은
오늘도 비어 있는 땅, 광야에 서 있다

아버지의 비지땀 흠뻑 마신

그림자로만

할 말이 없어요

고생만 하고 가신
어머니
제가 꼭 할 말이 있어요
아니, 많을 것 같아요
밤새도록 얘기해도 다하지 못할 것 같은

그런데 어머니
할 말이 없네요
막상 하려고 하니 하나도 없어요
무슨 말을 지금 할 수 있겠어요

어머니는 지금 웃고 계시지요?
말 안 해도 다 아신다고
그래서 저는
어머니 앞에서만은 항상 어린애입니다

계곡물에 발 담그고

계곡물에 발을 담그고
흘러가는 물줄기를 본다
무엇이 그리 바쁜가
뒤돌아보지 않고 흐른다
바위 사이를 휘돌며
하얀 포말을 일으키며
시원스럽게 빠져나간다
문득 눈을 드니
장마 그친 파란 하늘
흰 구름 떠 있다
나는 구름인가
흐르는 물인가
나는 너희를 닮아 흐르고
너희는 우리를 닮아 흐르는가

내 그리움 속의 어머니

이 아침 장미꽃이 화사하다
줄지어 핀 붉은색이 요염하다
이렇게 청명한 날에 너를 보면
요염하지도, 화사하지도 않았던
생각나는 어머니
화사한 것을 좋아하시고
요염한 것을 무척이나 좋아하셨던
어머니는 화사하고 싶어서였을까
요염한 몸짓이 부러워서였을까
이렇게 청명해서 슬픈 날은
네 자태가 더욱 요염하구나
이렇게 외롭게 찬란한 날은
네 모양이 더욱 화사하구나
언제나 자식들 때문에 걱정을 짊어지고
허기를 동무처럼 끌어안고 사셨던 어머니
이제는 우울할 필요 없어요
더 이상 수심에 잠길 필요 없어요
내 그리움 속의 어머니여
내 외로움 속의 장미꽃이여

이제는 내 가슴에서도
화사하게 피어나소서
요염하게 피어나소서

친구처럼, 아내처럼

너는 줄곧 나와 잠자리를 함께해 주었다
내 평안을 위하여
언제나 내 머리를 받쳐주었다
그 무게를 감당하면서
나를 받들어주는 데 최선을 다했다
군소리 하나 없이 듣기만 하며
언제나 내 편에 서서 이해하려 들었다
내가 슬픔에 흐느낄 때도
내 눈물을 고스란히 받아주었다
고민하며 한숨을 쉴 때도
시근덕대며 분노할 때도
언제나 그럴 수 있다고 긍정해 주었다
내가 너무 답답하거나 쓸쓸해서
너를 가슴에 안을 때도
연인처럼
너는 말없이 내 품에 안겨주었다
몸이 아파 몸을 뒤척이며
네 높이가 낮다고
새삼스럽게 옆으로 세워 베고자 할 때도

조금도 귀찮아하지 않았다
별스럽다고 짜증도 내지 않고
몸이 비틀어지는 불편도 감수하면서
오히려 다소곳이 허락해 주었다
그리고, 그리고
내가 너를 떠나지 않는 한
너도 나를 떠나지 않았다
친구처럼, 아내처럼

동행

거의 50년을 동행했는데
아직도 동행할 날이 남아 있네
오늘도 머리가 어지럽다는 당신
혼자 갈 수 있다고
따라오지 말라는 당신
따라가는 것이 아니라
함께 가는 거요
당신도, 나도
이제는 부축할 사람이 필요해
사랑이 뜨겁다가 깊어지면
옆구리 허전하기 전에 손잡아 주고
넘어지기 전에 붙들어 주는
당신이 필요하지
어디 병원뿐이겠소
하늘나라까지도
우리 동행합시다
서로 기대고

제3부

가을에게

가을은

느티나무 가지 흔들리듯
찬바람에
가을이 흔들린다
곧 단풍잎처럼
붉게 물들 것인가, 가을은
꺼져가는 생명도
마지막에 한번 총명해지듯
현란한 색채를 띠고
우수수
은행잎처럼 질 것인가, 가을은
배회하는 인생처럼
바람에 휩쓸려
길거리에 몰려다니다가
밟히다가
어딘가에 묻힐 것인가
서글픈 나의 가을은

가을이다

달빛이 그윽해지면
가을이다

몸에 딱 맞는 옷처럼
바람이 착 달라붙는 느낌이 들면
가을이다

까닭 없이 그리워지면
가을이다

앞날보다
뒤돌아보는 시간이 많아지면
가을이다

봄날 텃밭에 뿌린 씨가
얼마나 여물었나를 계산하는 때가 되면
가을이다

나는 지금
내 인생의 가을 길에서 서성인다

가을비는 차가워

집 안으로 내리고 있었지
차가운 가을비
어머니께서 김장을 걱정하실 때
아버지께서는 연탄 걱정을 하셨을지 몰라

나는
젖은 감나무 잎사귀들
난잡하게 떨어져 있는 마당
멀거니 바라보고 계시는
할머니 곁에서
빗소리의 흐느낌을 보고 있었지
그만두자는 친구를 생각하며
가슴에 채우고 있었지

오늘도 그 가을비는 가슴으로 내리고
걱정 부여안고 내 곁을 떠난
할머니도, 부모님도
그리움을 남기고 간 친구도
엽서 한 장에 쓰여진 사연처럼

가을비는 차가워
마당에 떨어진 낙엽이 되어
젖어들고 있네

가을에게

중년을 갓 넘긴 여인, 너 농익은 계절아
석양을 향하여 서서
생각에 잠겨 있는 네 자태가 곱구나
하늘은 파래서 높고, 높아서 파랗고
오곡은 풍요로워서 누렇고, 누래서 풍요롭고
서늘한 바람에 구절초가 청초하고
청초한 구절초를 스치는 바람이 향기롭고
풀벌레 소리에 잠 못 드는 사람아
잠 못 들어 풀벌레 소리가 청아하다
오색 단풍이 아름다워
아름다워서 오색 단풍
가을아, 이 모든 것을 끌어안고도 남아
내 마음까지도 사로잡은 가을아
너 붙들어 놓고, 내 안마당 말뚝에 붙들어 매놓고
네가 나를 반기듯
나 또한 네 순수를 노래하리라
너 아름다운 계절아

떠나는 계절

가을은 떠나는 계절
떠나보내는 계절
가지를 떠나는 무성했던 나뭇잎처럼
내 몸에 갇혀 있었던
지난 여름 뙤약볕에 물기 마른 생각들
가을이 오면
무한한 공간으로 달아난다
시간을 초월하여
사유라고 하는 바다로 헤엄쳐간다
보다 깊게
보다 우아하게
보다 구체적으로
근원으로 접근했다가
미래의 끝으로 다가갔다가
현실로 돌아오기를 반복하면서
결국은 방황을 마치고
길 잃은 철새처럼 늦으막에
겨울을 향하여 돌아오고 말 것이다
아마 향기 짙은 매화를 피워내는
계절을 위해서일 것이다

앓고 있는 것이다

은행잎이 누렇고, 단풍잎이 새빨갛다
앓고 있는 것이다

밤을 새우며 울어젖히는 풀벌레
앓고 있는 것이다

하늘 색깔을 닮은 강물이 출렁이며 흐른다
앓고 있는 것이다

선득선득한 바람기를 느끼며 서글퍼진다
앓고 있는 것이다

낙엽이 바람에 쓸려 행인들의 발에 밟히는 게 아프다
앓고 있는 것이다

갈대와 억새의 흰머리가 하늘거린다
앓고 있는 것이다

가을걷이가 끝난 들판이 휑하다

앓고 있는 것이다

이리저리 뒤척이며 지난 세월을 붙들어본다
앓고 있는 것이다

그래서 어딘가로 훌쩍 떠나고 싶기도 하다
앓고 있는 것이다

뻔히 아닌 줄 알면서도
바람소리에도 귀 기울이는 그리움
앓고 있는 것이다

가을은 모두가 앓는 계절
스스로 앓고
둘러보면 온통 앓는 게 보이고

가을 강가

강물을 닮은 하늘
짙푸르게 떠 있고
세월 품고 흐르는 강물
멈춰 선 듯 잔잔하다

하얀 머리 억새의 가벼운 떨림
가을을 수놓고
살가운 석양
분가루같이 보드랍게
안으로, 안으로 스미는데
왜 풀잎은 힘겨워하는가
왜 불그레 물들며 앓는가

속절없는 나그네
유장한 한강변에 나와
촉촉했던 물기
빠져나가는 소리 들여다보며
서둘러 찾아온 내 가을
끌어안고 앓는다
풀잎처럼

늦가을

요즘 산기슭에 들어서면
우수수
어지럽게 떨어지는
지는 가을이 보인다

요즘 산기슭에 들어서면
사각사각
사명 다하고 잠드는
밟히는 가을이 들린다

요즘 산기슭에 들어서면
침묵의 언어
웅변으로 토하는 가을
인생이 느껴진다

어머니의 가을

날씨가 좋아 창문을 여니
볕이 아깝다고
멍석 깔고 고추 말리는 어머니가 보인다
빨랫줄에 이불 널어놓고 바지랑대로 괴는
어머니 머리 위로 된장잠자리들이 난다
한여름에 눅눅해진 당신의 마음도 말렸을까
고슬고슬한 어머니의 가을이 왔다
솜털구름이 푸른 하늘에서 한가로운데
멈춘 듯 흘러가는 게
세월 같다

가을볕을 아낀 어머니
그 세월을 거부하지 못했다
솜털구름처럼 흘러가셨다

예삿일 같지 않아요

바람에 떨어지는
힘없이 떨어지는 낙엽을 보면
예삿일로 보이지 않아요, 하시던
그 어르신도 가셨지요

그러나 낙엽은
떨어지면서 슬퍼하지 않는 것 같아요
춤을 추면서 떨어지고 있잖아요
그 찰나에도
춤을 추면서 떨어질 줄 아는 여유와 낭만

가을은 떠나보내는 계절
가을은 떠나보낸 사람들을
그리워하는 계절
우수수
찬바람에 낙엽이 지네요
예삿일이지요
그러나 지금 내겐 예삿일 같지 않네요

고요해질 나이

고요해질 나이
그래서인가, 예고 없이 불쑥 찾아오는
혼자라는 생각
이 불꽃을 어떻게 꺼야 하나
하염없이 바다를 본다
마냥 들길을 걸어본다
길가의 들꽃을 만져보면서

생각하면 행복한 사람인데
적어도 남들의 눈엔 그렇게 비칠 터인데
자식들은 모두 장성하여 짝 찾아 잘살고
착한 남편은 지금도 출근을 하고 있다
모두가 건강하다
무엇이 아쉽고 무엇이 부러운가

고요해질 나이에
파도소리가 크게 들리고
물새 나는 모습이
너른 들판이

가슴 한복판에 숭숭 구멍을 내고
바람처럼 수시로 드나든다
허전하다고 하면 사치인데
사치를 끌어안고
다스리지 못하는 마음으로
가다듬지 못하는 생각으로
방랑자가 된다
둥둥, 북소리가 울리면 어딘가로 떠날 것 같다
스산한 바람이 불면 방황할 것 같다
남편이 무엇이고 자식들이 무엇인가
집이 나를 붙들지 못한다
나를 떠나보내려 애쓰는
고요해질 나이
나는 이 지구상에 혼자다
자유롭게 헤매이고 싶은 영혼이여

달빛에 취하다

세상을 지배하는
푸르스름하기까지 한
우윳빛 비단

그 부드러움을 머리에 이고 걸으면
고요가 안개처럼 감싼다
수묵화가 된 세상
걸음이 깃털처럼 가볍다
누가 이 요란한 곳에서
키재기로 다투랴
혼자라도 좋다
화폭의 한 귀퉁이에서
달빛에 취해
은근히 그리고 우아하게
없는 듯 살면
무엇이 부족하랴

마냥 기뻐만 할 것인가

울긋불긋한 단풍을 보면서
마냥 기뻐만 할 것인가
가을의 심장 깊숙이 들어가면
거기 송송 맺힌 땀이 보인다
거기 방울방울 맺힌 눈물이 보인다
더 자세히 들여다보면
화상을 입힐 만한 뜨거운 열정이 보인다
그것들이 모여지면서
하나로 모아지면서
어떤 것은 붉게
어떤 것은 노랗게
또 어떤 것들은 갈색으로
떨어지기 전에
자기 색깔로
한번 열정을 표현하고 잠들기 위한
겸허한 사색
흘러간 시간이 고이고
견딘 슬픔과 아픔이 잠시 머문
그 현상의 찬란함
마냥 기뻐만 할 것인가

그래서 나는 네가 보고 싶다

내가 지금 석양을 바라보고 서 있는데
순이야
얼마나 많은 바람이
너인들 가만히 두었겠느냐만
내 마음속에 오롯이 담겨
기억이라는 이름으로
언제든지 꺼내볼 수 있는
해맑은 얼굴에 배시시 웃음 짓던 모습
배즙 같은 싹싹함
삭풍이 그렇게 눈보라를 몰아오고
사나운 파도가 그렇게 밀려왔다 갔어도
흠집 하나 없이 그대로 간직되어 있는 너
나는 늙어가도 너는 그대로 있어라
순이야
그래서 나는 네가 보고 싶다
그래서 나는 네가 보고 싶지 않다

맑아지는 즈음

강물은 차가워야 맑아진다
바람의 소리도 차가워야 맑다
가을이 강물을 떠나려는 즈음
강물은 맑은 얼굴로 배웅하고
바람은 맑은 소리로 이별곡을 노래한다
한 마리 물새가 강물 위를 난다
빛깔이 맑다
아, 그러고 보니 가을이 떠날 즈음에
만물이 맑구나
인생도 마무리할 즈음에 제 의미를 깨닫듯

그런 친구 하나쯤

예고 없이 찾아온 친구에게
궁금하여 무슨 일로 왔느냐 물으면
그냥
싱겁게 웃으며 잠시 앉았다 가는
심심해도 나를 우선 생각하고
외롭다 생각되면
언제든 불쑥 찾아왔다가도
내 일에 방해될까, 선뜻 일어서는
그런 친구 하나쯤 가까이에 있었으면 좋겠다
아무 준비 없이 맞을 수 있고
커피 한 잔
때 되면 짜장면 한 그릇 나눈 것으로
그냥 보낼 수 있는
그런 친구 하나쯤 있었으면 좋겠다

살며시 찾아오는 너

살며시 내 안을 헤집고 찾아오는 너는
때때로 뼈를 저리게 하지만
내가 미워할 수가 없네
굳게 잠가둔 마음도
소리 없이 열고 들어올 수 있는 너는
마스터 키를 손에 들고 있는가
내가 사모하며 은근히 기다리는
그때를 어찌 그리 잘 아는가
오색 물이 든 잎사귀들도
밀려오는 어둠의 품에 잠들고 싶어 하는 즈음
이 시간도 내가 너를 기다리고 있었는지
오늘은 나도 모르겠다
그냥 어서 와서 나를 아프게 하라
네가 내 안에 머무는 동안
밤새도록이라도
나는 홀로 네 품에서 아파하리라

먹구름

구름은 가벼워서
하늘에 떠다니는 것 아니다
저 모습을 보라
얼마나 무거운 짐을 지고 가는가
금방이라도 울음을 터트릴 것 같은
어두운 표정
그 시름을 누가 알랴
자기 의지로 가는 일 없다
왜 가야 하는지도 모른다
바람에 밀려서
어디서 실컷 울어볼까
울 기회만 찾으며 떠도는
떠돌이 먹구름

감동

의미 모르는 종달새의 노랫소리
봄 하늘을 수놓을 적에
우리는 기쁘지 않았던가

섬돌 밑 풀벌레 울음소리에
지금도 우리는 밤잠을 설치지 않는가

시인이여
당신의 노래가 누구를 울린 일 있는가

사람들이여
의미 담긴 당신의 말이
누구를 기쁘게 하고 있는가

자작시를 읽습니다

자작시를 읽습니다
못났어도 내 자식
나조차 몰라라 하면
누구한테 사랑받으랴 싶어
울적한 마음으로 읽습니다
한밤중에

보다 더 뛰어난 자식을 기대하며
시어詩語 하나하나 세밀히 다듬고
정성을 보탰는데
여전히 이번에도
나만 읽는 시로 남을 것 같습니다

자식 사랑에 끝이 있던가
못났어도 내 자식
홀로 앉아
아무도 읽어주지 않는
자작시를 읽습니다

제4부

나그네

겨울비

비가 내린다
초겨울
촉촉이 젖은 보도블럭 위에
플라타너스 잎사귀가
손바닥보다 넓은 잎사귀들이
갈길 몰라하는 내 마음처럼
사명을 다한 순교자처럼
바람에 날리지도 못하고
지나가는 뭇 사람의 발에 밟히고 있다

넌 지금 뭘 생각하고 있느냐

지난날의 영화
잃어버린 꿈
그것들이 얼마나 허술한 것이었는가
어쩌라고 빈 가슴에도
비가 차갑다

눈보라치는 날의 사유

바람을 생각한다
바람이 없다면
눈보라칠 일이 있겠는가
바람이 차지 않으면
외투를 입을 일이 있겠는가
눈보라치는 날은
외투 깃을 세우고 걸으면 좋다
둘이도 좋지만
혼자라면 더욱 좋다
어깨들이 부딪치는 번잡한 거리가 싫을 리 없지만
그래도 혼자 걷는 게 더욱 좋다
말이 필요 없는 혼자
바람의 의미를 묵상할 수 있어 좋다
세상은 눈보라치는 벌판
인생은 외투 깃 세우고 걷는 길
어차피 혼자 왔다가
홀로 가는 길

발자국을 눈보라가 지우며 따라온다

첫눈 내리는 날

이렇게 눈이 내리면
나는 고향으로 돌아간다
막연히 누군가가 그리워지던 시절
그것은 외로움이었을까
순수함이었을까

오늘은 첫눈이다
첫눈치고는 풍성하지만
아스팔트 위에 내린다
무자비하게 차바퀴에 짓밟히는
그 눈은 이미 눈이 아니다

지체하지 않고
나는 눈 내리는 고향으로 달려간다
출세가 뭔지 모르고
성공이 뭔지 모르던
가난했던 시절을 찾아간다
아득하기가 하늘나라 닮은 세상
거기에 엄니와 아부지가 계시고

한 이불 속에서 발을 뻗고
우리 5남매가 잠드는 곳이었나니
밖에서는 소복소복 눈이 쌓이고

눈이 펑펑 내리면

눈이 펑펑 내리면
나는
강아지와 함께 눈밭을 뛰놀던
소년으로 돌아간다
눈사람을 만들고
눈싸움도 하고
눈사진을 찍는다며
눈밭에 벌렁 눕던 아이

눈이 펑펑 내리면
나는
얼마나 눈이 내렸는가
아침마다 방문 열고 살피던
소년으로 돌아간다
가난이 뭔지 모르고
부모님의 시름도 모르고
열심히 뛰어놀고 나면 배고팠던 아이

이 새벽에 내가 사는 서울에

펑펑 눈이 내린다
언제부터 내 머리가 이렇게 희어졌는가
몰라도 되는 걸 깨닫게 된 나이가 되어
하얗게 내리는 눈을 보면
하얀 마음 되고
깨끗한 세상 되는 줄
아직도 착각하며
눈을 맞는 아이

내리는 눈

눈은 사랑의 화신化身
메마른 대지에 기쁨으로 내리고
음울한 마음에는 소망으로 내린다
겸손하게 낮은 곳으로
요란하지 않게, 소리도 없이
바람이 불면 춤을 추며 내린다

그가 내리는 곳을 보라
나뭇가지에 앉아
사뿐히
소담한 꽃을 피우고
쓰레기더미 위도 마다않고
쉰내와 지저분함을 덮는다
하얀나라 만들기 위해 세상에 내리고
차단되지 않은 곳이라면 어디든
차별 없이 내리는 사랑
밟히기 위해 길바닥에도 내린다

그가 머무는 곳을 보라

후미지고 음습한 곳
오히려 햇빛 다사로운 곳 피하여
오돌오돌 떨면서
온기가 이를 때까지
오래오래 머무는 곳이 어딘가

나그네

그 수고를 메고 어디로 가는가
방향도, 목적지도 없이
그냥 가는 것이 너의 사명
잘못되어 짐승의 발에 밟히면
으깨어지는 허술한 육신의 행차
네 길이 허무하지만
허무가 뭔지도 모르고 걷는 너는
본래 집 없는 설움을 알았던 것이냐
어둠이 찾아와도
들어가 쉴 곳만 있다면
더 바랄 것 없는 나그네여
내려놓을 곳 없는 짐 짊어지고
홀로 가는 너는
과연 어디로 가는가
왜 가는가
아는 이는 아는데 너는 모르는구나

동백꽃

정겹고 포근한 날 다 두고
하필이면 비수처럼 싸늘한 날에 피어
기개를 한껏 자랑하는 동백꽃
툭
떨어진다
툭
더 있으면 추하다고
꽃잎 고스러지기 전에
선홍빛 요염 붙들고 떨어진다
곱다는 칭찬 뒤로하고
아쉬워할 때
스스로 목을 벤다

생각들

나뭇잎은 나무의 생각들이다
이른봄부터 가지마다 촘촘히 돋아나는 생각들
땡볕을 받으며 한여름에
그 생각들은 무성해진다
그리고 점점 무르익어간다
붉게 정염처럼 익어가는 것도 있고
누렇게 익어가는 것도 있고
칙칙한 갈색으로 익어가는 것도 있다
제각기 제 색깔로 성숙해 간다
그리고 어느 날
갈바람이 불면
미련 없이 그 익은 생각들을 떨어트린다
아, 그 무수한 생각들
우리는 그 떨어지는 잎들을 보면서
잡다한 생각들을 줍는다
외로움도, 그리움도, 인생의 허무감도
그리고 마음에 품고 익힌다
우리도 언젠가는 땅바닥에 떨어트릴 생각들

그리움

우리는 더러 만나기 위해서 헤어지지만
더 많이 헤어지기 위해서 만난다
그동안 우리는
얼마나 많은 사람들을 만났는가
얼마나 많은 사람들과 헤어져야 했는가
학교에서
가정에서
일터에서
세상은 온통 헤어지기 위해서 만나는
이별의 장소
만난 수효만큼 헤어져야 했다
어떤 사람은 먼 곳으로
어떤 사람은 흔적도 없이
어떤 사람은 저세상으로
훌쩍 우리 곁을 떠났다
만남의 기쁨이여
헤어짐의 슬픔이여
만남은 슬픔을 예비하는 것
헤어짐은 그리움을 예비하는 것

늙수그레한 노인이 깨우는 세상

다 어디 갔을까
아침마다 내 새벽을 깨우던
그 참새들은

그 창가도 없고
그 노래도 없고
그 소리를 듣던 소년도 없고

늙수그레한 노인이
이제 참새보다 먼저 일어나
멀거니 바라보는 바깥세상
언제부턴가
노인이 기도로 깨우기 시작한 세상

한밤중에 걸려오는 전화

한밤중에 걸려오는 전화
섬뜩하게 느껴질 때가 있었다
두 분 보내드린 지금도
가슴을 철렁하게 한다
한밤중에 걸려오는 전화

그러나 오늘 같은 날
잠마저 멀리 떠나보낸 오늘 같은 날엔
기다려진다
한밤중에 걸려오는 전화

심심해서
그냥 걸었어요
한밤중에 걸려오는 이런 전화

창밖을 보는 아내

자매란
때로는 친구다
무슨 시시콜콜하거나 부끄러운
특별히 어린 시절에 같이 자라면서 겪은
이야기들을 사이에 두고
밤을 새울 수 있다

터울이 긴 자매라면
영락없는 모녀다
동생은 언니의 보살핌을 받고
언니는 어설픈 동생의 짜증이나 응석을
너그럽게 받아들이기만 해야 한다

그 친구와 어머니를 보낸
장례식장
아내는 창밖을 보고 있다
해가 지면서
잔광에 스러지는 것들을 보고 있다
숲을 이룬 아파트 창에 하나 둘

불이 켜지기 시작하고
밑으로 난 도로를 따라
질주하는 차량 행렬
붉은색 불빛이 꼬리에 꼬리를 잇고 있다

무슨 생각을 하고 있을까
멍청하게 서 있다

수목장樹木葬

화로에서 나온 당신의 일생은
겨우 바스러진 희부연한 뼛조각들
그것마저 가루로 만들어
나무뿌리 곁에 묻었습니다

당신의 가루가 나무에겐 무엇일까요
나무와 함께 여기 머물면
조금이라도 달랠 수 있을까요
당신의 외로움

바람 부는 날에도, 비 오는 날에도
나무는
여기가 당신이 묻힌 자리라며
말없이 서 있겠지요

나무와 당신이 어떤 교감이 있는지 모르지만
나무가 예쁘게 서 있는 모습을 보며
나는 당신을 그리리이다
당신은 자라고 있다고

당신은 푸르게 살아 있다고
그렇게 허망함을 달래리이다

장례식

영혼 떠난 당신을
흙으로 돌아가게 하기 위하여
우리는 당신 곁에서 서성이네

당신의 그림자를 밟고
당신의 흔적을 되짚어보면서
당신의 침묵과
사흘 동안을 대화하네

어떻게 그리 쉽게 삶을 정리할 수 있었소
작두로 풀 자르듯
당신은 끊었을지라도
여기 남은 자들은 그 끈을 잡고 있네
허망하지만 허망하지 않으려고
우는 사람도 있고
묵묵히 하늘을 보는 사람도 있네
바람에 구름 흘러가는 허공

떠나면서 남겨놓는 것을

우리는 추억이라 하는가
그 추억을 붙들고
나도 내 근원인 흙으로 돌아가기 위하여
당신의 길을 뒤따르며
이렇게 허망함을 씹네

산 사람은 살기 위하여 발버둥치면서
후회를 쌓아가야 하는 이 세상
갑자기 내 앞에 적막이 흐르네

별무리 안에 있으리라

별이 보이지 않는 하늘을 보느니 오늘은
내가 서 있는 땅을 보리라
나 본래 흙으로 지어졌나니
내가 살다 갈 땅을 보리라
땅에서 나는 것을 먹고
땅에서 자라는 나무와 자연을 보면서
땅에서 숨을 거두리니
이렇게 비 내리는 날엔 고개를 떨구고
내 육신이 묻힐 땅을 보며 걷는 것도 좋다

깊이 생각하지 않아도 삶이 참 어설프다
진지한 척하면서 살아도 허무하다
그래서 위를 보려 애썼다
하늘을 바라봐야 한다고 생각했다
별이 뜨는 하늘

이제 내 몸이
내 근본으로 돌아가는 그 어느 날
내 영혼은 반짝이는 별무리 안에 있으리라

가끔씩

이것을 그리움이라 하는지 모르지만
가끔씩
네가 생각난다

이것을 외로움이라 하는지 모르지만
가끔씩
네가 생각난다

이것을 사랑이라 하는지 모르지만
가끔씩
네가 생각난다

혼자일 때 더욱 그렇다

솔밭공원으로 간다

어둠이 내리는 즈음에 맞추어
나는 솔밭공원으로 간다
비가 내려도 간다
벤치에 나를 내려놓고
솔향기에 취하러 간다
바람이 부는 날에도 간다

고요가 깔리면서
공원을 밝히는 등불이 켜질 때
이제는 친구처럼 다정하게
마음 내려놓으려
솔밭공원으로 간다

솔향기가 나를 감싸고
내 생각을 어렵지 않게 받아주는
그를 품기 위하여
나는 걸어서, 걸어서 간다

이제 눈이 내릴 것이다

모든 나무들이 잎사귀를 떨어트리며
안식에 들어갈 때도
하늘하늘 나비처럼 함박눈이
천사처럼 공원 가득 내릴 때도
푸른 잎을 붙들고
찬바람에 흔들리지 않는
하얀 마음을 만나러
나는 갈 것이다

너를 만나는 기쁨 때문에 갈 것이다
변함없는 향기를 보러 갈 것이다
먼 나라의 전설을 들으러 갈 것이다
나를 따스하게 품어주는 게 좋아서
내 품에 안겨오는 네가 좋아서
나는 갈 것이다
솔밭공원으로

달리는 여행

고속버스를 타고 가는 사람도 있고
일반버스를 타고 가는 사람도 있습니다
같은 목적지에 조금 일찍 도착하고
늦게 도착하는 차이뿐인데
왜 그곳에 가야 하는지도 모르면서
왜 그리 서두르는지 모르겠습니다
차창으로 스쳐가는 산천경개
찬란한 태양빛에 감탄하면서
버스에 실려가며 즐거움을 만끽합니다
때로는 피곤이 느껴져 졸기도 하며 가는 여행
해 지는 저녁노을을 보면 어떤 느낌이 들까요
그리운 사연을 펼쳐 놓고 눈시울을 적시기도 하고
퇴색한 사진들을 보면서
문득 그 시절의 친구들이 보고 싶진 않을까요
먼저 도착한 친구들은 무엇이 급해 고속버스를 탔을까
살아 있다는 것에 감사도 하고
잘못 살아온 부분에서 후회도 하면서
어둠이 오면 잠자리를 펴야 할 때
편안한 자리에서 고운 꿈을 꾸고 싶은 게 인생인가요

세모歲暮

또 한 해가 저문다
새로운 한 해를 맞기 위해
또 한 해가 진다
떠오른 해가
서쪽 하늘 물들이며 지는 것처럼
밤이 깊으면
어둠을 밀어내며 새벽이 오는 것처럼
또 새해가 오게 하기 위하여
또 한 해가 진다
우리는 그동안 몇 차례나 지는 해를 보며 살았는가
이제는 느끼며 살아간다
남의 일처럼 덤덤히 보며 살던 것을
이제는 내 일처럼 느끼며 산다
앞으로 몇 차례나 더 볼 수 있을까
그래서 더 소중하게 새해를 맞으려고
그래서 더 장엄하게 지는 해를 바라본다

너 없어짐을 애도한다

느긋하게 따뜻한 방에서 일어난 아침
아뿔싸
밖에서 축 늘어진 너
팔팔하게 푸름을 자랑하던 어깻죽지
영하의 추위를 견디지 못했구나
한여름에 목말라 시들었던 잎사귀는
며칠이 지났어도
물만 주면 다시 기력을 찾았는데
주인의 무관심에
이번엔 속절없이 얼어 죽었구나

돌이켜보면
화분에 옮겨질 때부터
네 불행은 시작되었다
한정된 공간, 그 안에서
더 벗어나갈 수 없었던 네 생명의 뿌리
넌 철벽에 갇혀 있었다
오직 사람의 눈을 즐겁게 할 요량으로
실내의 한 귀퉁이에서

피 말리는 외로움과 싸워야 했다
아, 인간의 이기심이여

나는 너를 애도한다
자유를 억제하며
발버둥질만 치다 간 생이여
값싼 동정의 시선이라 해도 할 수 없지만
나는 너를 위로한다
이제 겨우 내 알량한 관심에서 벗어났구나
고요히 내 앞에서 사라져가는 너
내 생각 속에서도 그윽이 마감하거라
아픔도, 슬픔도, 그리움도
네 존재와 함께 산화하는
기막힌 네 생애여

그리움의 언어로 삶을 성찰하다

이향아 | 시인

1. 목사님, 시인

전종문 목사님의 시집 『그리운 날의 수채화』에 몇 줄의 글을 첨부하게 되었다. 전 목사님을 처음 만난 것은 월간 『창조문예』 동인들의 작품합평회 모임에서였다. 합평회에 열심히 참여하는 동인들은 목사님이나 장로님들이 태반이었는데 문학작품 합평회니만큼 서로 '작가' 혹은 '시인'으로 부르자고 했는데 제대로 실천되지는 않았다.

전종문 목사님은 창조문예작가회의 회장으로도 봉사하셨고, 총신문학회 회장, 한국크리스천문학가협회 회장으로도 활동하면서 수유중앙교회 담임목사님으로 시무하셨다. 목회자로서의 교회생활과 작가로서의 문학활동을 조화롭게 이끌어가셨다. 그동안 발표한 작품의 수량도 많지만 문학적인 수준으로도 뛰어난 작품을 많이 발표해 오셨다.

나중에야 알게 된 사실이지만 목사님은 중앙대학교에서 국문학을 전공하였고, 이미 등단해 있는 월간 『창조문예』 외에도 오랜 전통을 지닌 수필전문지 『수필과 비평』
과 종합문예지 『문예비전』을 통해서도 각각 수필가와 시
인으로 등단한 재능 있는 분이시다. 이번에 출간하는 『그
리운 날의 수채화』는 목사님의 열 번째 시집이다.

작가의 저서 후미에 발문을 쓰는 사람은 보통, 언급할
작가를 작가라고 칭할 뿐 다른 칭호는 일체 생략하는 것
이 통례다. 필자는 평소에 늘 전종문 목사님으로 대했는데
전종문 혹은 전종문 시인이라고 부르는 것이 부자연스럽
기도 하다. 이전에 목사님들의 저서에 발문을 쓸 때는 어
떻게 했던가 확실히 알고 싶어서, 신성종 목사님의 시집
『말하는 나무』와 민영진 목사님의 시집 『공중도시』를 펼
쳐 보았다. 그리고 일관성과 공정성을 지키기 위해 목사님
이라는 호칭을 잠시 쓰지 않기로 하였다. 이것을 서두에서
말씀드리는 것이 좋겠다 싶다.

2. 신학과 문학

신학과 문학은 전혀 다른 별개의 분야라고 생각할 수
있다. 백과사전에 기록된 사항을 간략하게 인용하면 "신
학은 신theos에 관한 합리적 탐구logos"라고 되어 있고 문
학은 "언어예술"이라고 되어 있다. 전자는 "신이라는 낱
말로 표현되는 '궁극적 실재'가 철학이나 존재론적 형이상
학에서 연구되기도 한다"고 설명하고 있으며, 후자는 "언
어로 이루어졌다는 점에서 다른 예술과 구별되며 예술이
라는 점에서는 언어활동의 다른 영역과 차이점을 가진다"

고 설명하고 있다.

신학이 신에 관한 합리적 탐구이며, 문학이 언어예술이라는 점에서만 본다면 다른 분야라고 하는 말이 맞다. 그러나 그러한 표피적인 접근으로는 본질을 파악하기 힘들다. 문학과 신학은 오히려 매우 가까운 거리에 인접해 있다고 생각한다.

하나님의 뜻과 의지는 성경에 나타나 있고, 성경이 문학적 형식을 통하여 표현된다면 문학은 하나님의 뜻을 전달하는 수단이 될 것이다. 그러므로 문학적 기능이 미숙하면 하나님의 뜻을 왜곡할 수밖에 없게 된다.

성서에는 예언서, 율법서, 역사서, 선지서 등이 혹은 시의 형식으로 혹은 서간문체, 혹은 설화 형식으로 비유와 상징의 수법으로 나타나 있어서, 다양한 장르를 포괄하는 종합문학의 성격을 보인다. 문학을 부정하는 시각으로는 문학이 대중의 풍기를 문란하게 하는 외설(소설, 희곡)이라고도 하고, 과장된 언어로 치장하여 진실과는 동떨어진 것(특히 시)이라고도 하며, 신실한 신앙인으로 사는 데 유혹과 혼란을 일으킬 수 있다는 것이라고도 폄하한다.

그러나 언어는 하나님이 주시는 최고의 선물이다. 기독교 변증학자인 C.S. 루이스는 "문학이 작용하는 방식을 이해하면 성서를 더 잘 이해할 수 있게 된다"고 하였다.

필자가 결론적으로 말하고자 하는 것은 문학과 신학은 매우 근거리에 있다는 것, 문학을 공부하고 신학을 공부한 시인 전종문 목사는 이런 의미에서 매우 적절한 과정을 거쳤다는 점을 강조하고 싶은 것이다.

3. 〈맑아지는 즈음〉의 시선視線

　필자는 전종문 시인의 80편 시를 통독하고 다시 정독하면서 감동적인 시에 표시를 한 후에, 그중에서 독자에게 읽히고 싶은 시 10여 편을 다시 읽었다. 좋은 시란 바로 이런 것이라는 원칙을 세우고 선택한 것은 아니다. 필자의 주관적인 선택이었으며, 지극히 직감적인 감각에 따른 것이다. 하기야 시는 주관적인 문학이며, 시의 느낌은 직감으로 온다.

　지면이 허락하지 않아서 다 올리지 못하고 〈맑아지는 즈음〉, 〈늙수그레한 노인이 깨우는 세상〉, 〈가끔씩〉, 〈밥상머리〉 등을 본문에 노출하여 함께 감상해 보려고 한다.

　강물은 차가워야 맑아진다
　바람의 소리도 차가워야 맑다
　가을이 강물을 떠나려는 즈음
　강물은 맑은 얼굴로 배웅하고
　바람은 맑은 소리로 이별곡을 노래한다
　한 마리 물새가 강물 위를 난다
　빛깔이 맑다
　아, 그러고 보니 가을이 떠날 즈음에
　만물이 맑구나
　인생도 마무리할 즈음에 제 의미를 깨닫듯
　　　　－〈맑아지는 즈음〉

"맑아지는 즈음"이란 말은 '종결하는 즈음'이라는 의미를 함축하고 있다. 끓어오르던 열정도 가지런하게 정돈이 되고 침착하고 조용하게 뒤를 돌아다보는 즈음일 것이다. 강물이 차가워야 맑아지듯이 인간도 서늘한 이성이 살아 있을 때 비로소 공정하고 명확해진다. 여름 강물은 한낮의 일광으로 순환과 대류를 계속하면서 뒤집어지고 흐려지기 쉽다. 열정은 혼미하여 질서를 무시하고 무질서하게 간과하면서 공의롭지 못하게 흐를 수도 있다. 젊은 시절이 아름다워도 가을 하늘같이 서늘한 연륜의 지혜를 따라가기는 어려운 것이다.

시인은 차가움으로 침전되고 여과되어 투명해진 광채를 가을 강물에서 발견한다. 그리하여 "가을이 강물을 떠나려는 즈음/강물은 맑은 얼굴로 배웅하고/바람은 맑은 소리로 이별곡을 노래한다/한 마리 물새가 강물 위를 난다/빛깔이 맑다"라고 압축한 시구를 이끌어 내었다.

종결이 아름다워야 아름다운 것, 이별할 때에야 깨닫게 되는 가치, 시는 진리를 깨우치는 예술이 아니지만, 최후가 가까워질수록 의미와 가치를 알게 하는 삶의 의미를 이 한 편의 시가 잘 보여주고 있다.

다 어디 갔을까
아침마다 내 새벽을 깨우던
그 참새들은

그 창가도 없고

그 노래도 없고
그 소리를 듣던 소년도 없고

늙수그레한 노인이
이제 참새보다 먼저 일어나
멀거니 바라보는 바깥세상
언제부턴가
노인이 기도로 깨우기 시작한 세상
　　　　　–〈늙수그레한 노인이 깨우는 세상〉

　전 3연 11행의 짧은 시다. 새벽마다 창가에 와서 시인의 아침을 깨우던 참새들은 모두 어디로 갔을까? 참새의 노랫소리에 잠에서 깨어나던 소년은 어디로 갔을까? 언제부터인가 늙수그레한 노인이 참새보다 먼저 일어나 바깥세상을 바라보면서 깨우기 시작한 것이다. 막이 바뀐다는 예고도 없이, 주역이 바뀌는 인생의 무대를 보는 것 같다. 그러나 시적 화자는 어느덧 늙수그레한 노인의 처지에 놓여 있는 자신의 처지를 확인하면서 비애에 젖지 않는다. 절망에 차 있지도 않다. 다만 그는 그러한 현실을 조용히 발견했으며 인식했을 뿐이다.

　그는 이미 세상은 그렇게 되어가고 있는 것이라고 알고 있었나 보다. "노인이 기도로 깨우는 세상"은 참새가 깨우던 시절보다 안전하고 평화로울 것임을 독자들은 알고 있을 것이다. 그리고 그것을 믿음직스럽게 생각할 것이다. 시간을 바라보는 시인의 감각은 "늙수그레한 노인이 깨우는 세상"처럼 부드럽고 순하다.

〈아침〉이라는 시에서는 아침이 "어둠을 슬며시 밀어내며" 온다고, 승리한 개선장군처럼 "의기양양하게 깃발을 세우고" 오지 않고, "새의 깃털처럼 부드럽게/힘이 있으면서도 온유하게/빛으로 세상을 쓰다듬으면서 서두르지 않고" 온다고 하였다. 물러나는 어둠이 "물러나면서도 부끄럽지 않도록" 어둠을 어루만지면서 온다고 하는 시인의 부드러운 배려가 돋보인다.

가을바람에 지는 낙엽을 보면서 시인은 "예삿일로 보이지 않아요, 하시던" 어떤 어른을 생각한다. 시인은, 낙엽은 떨어질 때도 춤을 추면서 떨어지니 슬프지 않을 것이라고 생각한다. 떨어지는 "그 찰나에도 춤을 추면서 떨어질 줄 아는 여유와 낭만"을 인정하는 낙천적인 시인이다. 그리고 사물의 변화와 움직임에서 예삿일이 아닌 원인과 이유를 발견하는 눈이 밝은 시인이다.(〈예삿일 같지 않아요〉)

이것을 그리움이라 하는지 모르지만
가끔씩
네가 생각난다

이것을 외로움이라 하는지 모르지만
가끔씩
네가 생각난다

이것을 사랑이라 하는지 모르지만

가끔씩
네가 생각난다

혼자일 때 더욱 그렇다
                    -〈가끔씩〉

　시인은 사랑이 무엇인지 모르고, 외로움과 그리움이 무
엇인지도 모르지만, 가끔씩 생각나는 네가 사랑인지 모르
겠다고 말한다. 그리고 가끔씩 너를 생각할 때면 밀려드는
어떤 느낌, 그것이 외로움인지 그리움인지 혹은 사랑인지
모르겠다고 한다. 그것은 외로움과 그리움, 혹은 사랑을
확실하게 짚어내는 것보다는 모호한 것 같지만, 오히려 둔
중한 무게를 느끼게 한다. 모른다고 하는 말이 가볍게 안
다고 나서는 것보다 훨씬 정확하고 섬세한 감정을 전달한
다.
　전 10행의 시는 유사한 어휘의 반복으로 리듬을 조성하
고 내용을 깊고 강하게 각인시키는 효과를 드러내었다.
　또 다른 시 〈왜 왔었을까〉에서 "햇빛이 다사로운 날 앞
집 아이가 찾아왔을 때"에도 시인은 반가워서 햇살보다
더 부드럽게 "무슨 일이야?" 물었고 앞집 아이는 "옆에 조
금 앉았다가 돌아갔다/그냥/단 한마디 남겨놓고/이사를
갔다" 불확실 가운데 오히려 확실해지는 사람의 마음을
깨우쳐준다. 다분히 정적이며 동양적인 은근한 대화법이
다.
　한국적이며 동양적인 전종문 시인의 시에는 부모의 은

공을 기리고 사모하는 시들이 많다.

> 아버지와 나는 자주 겸상을 했다
> 형들은 분가를 해 집을 떠났고
> 내가 잠시 아버지의 농사를 도울 때였다
> 보리밥에 김치쪽 얹어 맛나게 잡수시던
> 아버지는 말씀하셨다
> "돈이란 벌기보다 쓰기가 어려운 법이다"
> 식사를 마치시고 숭늉을 시원하게 마시면서
> "몸이 높아지면 마음은 낮추어야 하느니라"
> 그리고 아버지는 가셨다
> 나는 생전에 우리 아버지께서
> 스스로도 천하게 여긴 농사일조차
> 벗어던진 적을 보지 못했고
> 돈 한번 크게 벌어서
> 호기 있게 쓰시는 것도 보지 못했다
> 나 또한 지금까지
> 높은 자리에 올라본 적 없고
> 돈 한번 시원하게 쓸 만큼 벌어본 일도 없다
> 그럼에도 밥상머리에서 들려주신 아버지 말씀
> 지금도 잊히지 않는 이유를 모르겠다
>   -〈밥상머리〉

자식에게 각인된 아버지의 이미지는 가계를 책임지고 묵묵히 헤쳐나가는 거인의 모습이다. 특히 지난날 우리의 남다른 역사를 이끌어 온 주역으로서의 아버지는 시련과 가난을 극복해낸 표본이다.

전종문 시인은 아버지로부터 근면과 검소와 겸손을 배웠다. 시인이 잠시 아버지를 도와 농사일을 할 때 아버지와 자주 겸상을 했으므로 그 자리는 아버지의 금은보화 같은 말씀으로 마음을 채우는 시간이었을 것이다.

보리밥에 김치쪽 얹어서 맛나게 잡수시면서 "돈이란 벌기보다 쓰기가 어려운 법"이라고 하신 아버지의 말씀을 시인은 기억하고 있다. 벌기는 어려워도 쓰기는 쉽다는 것이 보통의 상식인데 아버지의 말씀은 그 반대였다. 열심히 엎드려 성실하게 일하면 돈이 모아질 수밖에 없다는 것, 그러나 애써 모은 그 돈은 열 번 생각하고 써야 함을 강조한 반어법이 담긴 말씀이었다.

식사를 마치고 숭늉을 마시면서 아버지는 "몸이 높아지면 마음은 낮추어야 하느니라"고 가르치셨다. 당신 스스로 농사일을 천하게 여기면서도 천한 농사일을 벗어던진 적이 없었던 아버지, 돈 한번 크게 벌어서 호기 있게 쓰지 못했던 아버지를 추억하는 자식의 마음은 존경으로 가득 차 있다.

시인은 〈흉내내기〉에서 평생을 땅에 엎드렸던 아버지가 가끔 그러셨던 것처럼 모시옷을 입고 아버지가 쓰셨던 중절모를 쓰고 하얀 고무신 닦아 신고 아버지를 생각한다. 아버지의 아들인 시인은 아버지의 흉내라도 내고 싶어서 광야와 같은 세상에 아버지의 비지땀을 흠뻑 마신 그림자로 서 있다.

또 〈아버지〉라는 시에서는 아버지를 태양열보다 더 뜨거웠던 분으로 나타내었다. "뜨거워야 곡식이 잘 여문다고" 하시던 아버지는 땀으로 옷을 적시면서도 뜨거움을 피하려고 하지 않으셨다고, 더위나 뜨거움을 이기는 것은 차가움이 아니라 뜨거움이라는 이열치열을 깨닫고 오래도록 생활의 지혜로 간직하게 하셨다. 아무리 훌륭한 아버지라도 훌륭하게 기억하는 자식이 없으면 그 훌륭함은 파묻혀 잊힐 것이다.

"그리고 아버지는 가셨다"고 가장 간결한 구조의 문장으로 생략한 것은 고생만 하시다가 가신 것을 못내 허무하게 생각하는 아들의 마음을 담아낸 것이다. 그리고 아버지는 가셨다, 이 땅에서는 다시 볼 수 없게 되었다. 거짓말처럼 가신 것이다.

"밥상머리에서 들려주신 아버지 말씀 지금도 잊히지 않는 이유를 모르겠다"고 하는 것은, 시인이 진실로 몰라서 하는 말이 아니라는 것을 독자들은 잘 알고 있을 것이다.

4. 영원한 그리움

전종문 시인이 운용하고 있는 시어는 난삽難澁하지 않고 간명하기 때문에 그들을 조합한 시구도 물 흐르듯이 막힘이 없다. 그는 시를 궁리하고 고민하면서 쓰지 않고 말하듯이 일상어를 발성하듯 자연스럽고 자유롭게 이어간다.

시집의 표제가 이미 『그리운 날의 수채화』이기는 하지

만, 전종문 시인의 시 80편의 원고에는 '그리워서', '그리운', '그립다', '그리다' 등으로 어미를 달리 활용한 그리움이 매우 많다. 시인 자신도 시집의 서문에서 그리움과의 거리를 다음과 같이 천명하였다.

"외로움이나 그리움은 우리에게 주어진 원초적인 감정이다. 어느 누가 이 외로움과 그리움의 감정을 떨쳐버리고 살 수 있을까. 태어나면서부터 인간은 외로운 존재이고 그 외로움을 떨쳐버리려는 수단으로 관계를 맺기도 한다. 그러나 세월이 흐르면서 그 관계가 그리움을 잉태한다.

우리의 정서 속에서는 이런 감정을 놓고 한편으로는 벗어나고 싶고 또 한편으로는 끌어안고 싶어 한다. 나는 벗어나고 싶지 않은 편에 더 강하다. 이런 순수한 감정을 벗어난다면 내가 어떻게 될까. 내가 아닐 것 같아 겁이 난다. 그래서 기꺼이 외로움과 그리움의 감정을 즐기는 편에 선다."

시인의 말대로 그리움이란 전종문 시인에게만 국한된 특유의 정서도 아니고 독특한 어휘도 아니다. 그리움이란 "비어 있음"이며 '아쉬움'이다. 특히 시의 대표적인 정조 중 하나로 손꼽을 수 있는 '그리움'에는 채워지지 않은 결핍의 공간이 있다. 그리고 그 결핍을 채워서 충족하고 싶어 하는 인간의 희망과 욕구의 정신도 함께 내포되어 있다.

필자는 전종문 시인의 작품에 가장 많이 표현되어 있는 그리움의 정서를 유형별로 분류하여 시인의 정서를 살펴보려고 한다.

1) 원초적 그리움

전종문 시인이 머리글에서 말했듯이 그리움은 인간의 본성으로 타고난 것이다. 그러나 그리움을 다시 정돈하여 원초적 그리움, 뿌리와 근원을 향한 그리움, 순수서정으로서의 그리움으로 분류, 명명해 보았다.

그중에서도 원초적 그리움은 어느 특성으로 분류되기 이전 근본적으로 가지고 있는 인류의 공통적인 아쉬움이며 막연한 희망이다. 우리에게 무어라 부를 수 없는 욕구가 이어지는 것은 원초적인 그리움이 있기 때문이라는 논리가 뒤따르게 된다.

원초적 그리움은 낙원을 상실한 인간이 낙원으로 돌아가고 싶은 마음, 충만하지 않은 상태에서는 비어 있는 공간을 채우고 싶어 하는 마음으로 나타난다. 그러나 모두 채워진 상태에서도 그리움은 여전히 남아 있어서 보다 여유로운 공간, 보다 윤택한 상황을 갈구하기도 한다. 인간의 끝없는 욕망은 끝없는 그리움을 낳게 되는 것이다. 원시시대에는 문명과 과학을 그리워하였고 문명과 과학이 발달한 현대에는 원시의 자연을 그리워한다. 홀로 있을 때는 어울림을 원하며 여럿이 어울려 있을 때는 고요와 한적을 그리워한다. 이러한 욕망과 성취욕이 인류를 답보상태에 머물러 있지 않게 하고 끊임없는 발전을 가져왔을 것이다.

선득선득한 바람기를 느끼며 서글퍼진다
앓고 있는 것이다

낙엽이 바람에 쓸려 행인들의 발에 밟히는 게 아프다
앓고 있는 것이다

갈대와 억새의 흰머리가 하늘거린다
앓고 있는 것이다

가을걷이가 끝난 들판이 휑하다
앓고 있는 것이다

이리저리 뒤척이며 지난 세월을 붙들어본다
앓고 있는 것이다

그래서 어딘가로 훌쩍 떠나고 싶기도 하다
앓고 있는 것이다

뻔히 아닌 줄 알면서도
바람소리에도 귀 기울이는 그리움
앓고 있는 것이다
                    -〈앓고 있는 것이다〉 중에서

우리는 더러 만나기 위해서 헤어지지만
더 많이 헤어지기 위해서 만난다
그동안 우리는
얼마나 많은 사람들을 만났는가
얼마나 많은 사람들과 헤어져야 했는가

학교에서

가정에서

일터에서

세상은 온통 헤어지기 위해서 만나는

이별의 장소

만난 수효만큼 헤어져야 했다

어떤 사람은 먼 곳으로

어떤 사람은 흔적도 없이

어떤 사람은 저세상으로

훌쩍 우리 곁을 떠났다

만남의 기쁨이여

헤어짐의 슬픔이여

만남은 슬픔을 예비하는 것

헤어짐은 그리움을 예비하는 것

　　　　　　　-〈그리움〉

갈바람이 불면

미련 없이 그 익은 생각들을 떨어트린다

아, 그 무수한 생각들

우리는 그 떨어지는 잎들을 보면서

잡다한 생각들을 줍는다

외로움도, 그리움도, 인생의 허무감도

그리고 마음에 품고 익힌다

우리도 언젠가는 땅바닥에 떨어트릴 생각들

　　　　　　　-〈생각들〉 중에서

시인은 시 〈앓고 있는 것이다〉에서 지상에 변함이 없이 한결같은 것은 없다는 진리를 저변에 깔고 있다. 가을걷이가 끝난 들판을 보면서도 시인은 추수의 풍족감을 언급하지 않고 들판이 비정상적인 상태에서 앓고 있음에 주목한다. 그리고 인간을 포함한 만물이 시간과 계절을 통과하면서 퇴색과 변형을 계속하고 있음을 강조하면서 이들의 퇴색과 변화는 앓고 있기 때문이라고 정의한다. 시인은 사물의 앓고 있음에 특별한 놀라움이나 애석함을 나타내는 대신 앓기 이전의 원형을 그리워한다. 그 '앓고 있음'이 만물이 응당 겪어내야 할 불가피한 과정이라는 것을 알고 있기 때문일 것이다. 지난 세월이 그리워 뒤척이는 것도 앓고 있기 때문이며, 바람기가 서늘한 것도, 그 바람에 훌쩍 떠나고 싶음도 앓고 있기 때문이라고 생각한다. 이 시인에게 그리움은 도처에서 질병처럼 기다리고 있는 것이다.

〈그리움〉에서는 세상이 변화하는 것은 이별이 잦기 때문이라고 판단한다. "우리는 더러 만나기 위해서 헤어지지만/더 많이 헤어지기 위해서 만난다/그동안 우리는/얼마나 많은 사람들을 만났는가/얼마나 많은 사람들과 헤어져야 했는가" 전종문 시인에게는 헤어짐도 만남도 특별한 의미가 주어지지 않는다. 세상은 예정된 이별을 위하여 잠시 만나는 장소이며, 만나는 수가 많은 만큼 이별 또한 많다고 생각한다. 시인은, 만남은 이별의 전조인 동시에 슬픔을 예비하는 것, 이별은 그리움을 예비하는 것이라고 확신에 찬 목소리로 말한다.

시 〈생각들〉에서 시인은 가을 나무의 잎이 지는 걸 바라보면서 우주의 질서와 이별을 생각한다. 나뭇잎들은 나무의 생각들인데, 나뭇잎들은 봄부터 가지마다 촘촘하였다고 간파하는 시인, "갈바람이 불면/미련 없이 그 익은 생각들을 떨어트린다"고, 시인은 그 무수한 생각들을 떨어지는 잎에서 발견하는 것이다. 매우 섬세한 발견이며 특별한 표현이다.

시인이 발견한 것처럼 나무의 생각들은 한여름 무성하게 성숙하여 가을이면 외로움도 아쉬움도 허무함도 함께 익어 떨어졌을 것이다. 인간도 나무처럼 무수한 생각을 성숙시키다가 낙하하듯이 떠난다는 우주 순환의 법칙. 시인은 인간도 이 법칙에 순응하여 낙엽이 지듯 미련 없이 지고 그 진 자리에 그리움이 아름답게 남는다고 생각한다. 아픔도 슬픔도 존재와 함께 산화한다는 것을 식물을 통해 조감하는 것이다.

2) 뿌리와 근원을 향한 그리움

이는 혈연적 근원과 지연地緣적 근거를 아우르는 그리움이다. 뿌리와 근원을 생각하며 거기 이끌리는 것은 어느 특정한 부류의 사람들만의 특징도 관심사도 아닐 것이다. 혈연으로 이어진 부모 자식의 관계는 객관화되거나 개별화시키기가 어렵다. 인간이 가진 종족보존본능은 아무리 시대가 급변하고 생활양식이 바뀌어도 여전히 인간의 보편적 정서로 존재하며, 탯줄로 연결되는 강한 인력은 곧바로 자기애와 동일선상에서 만나게 된다.

혈연과 더불어 지연 역시 다르지 않다. '여우도 죽을 때는 머리를 자기가 기거하던 굴을 향해 둔다'(수구초심首丘初心)는 말도 있지만, 고향을 생각하고 기리는 정은 인간만의 전유물이 아니다. 새들에게도 귀소본능이 있고 어류 중에도 연어는 산란기가 되면 태어났던 곳으로 되돌아와 알을 낳는다고 한다.

전종문 시인에게는 부모를 생각하는 시와 더불어 사향思鄕을 주제로 한 작품들이 많다. 뿌리와 근원을 돌아다보며 그리움을 표제로 내놓기도 했지만 작품 가운데 어휘로 활용하기도 하고, 전혀 표면에 노출하지 않고 내용으로 용해한 작품들도 있다.

이 아침 장미꽃이 화사하다
줄지어 핀 붉은색이 요염하다
이렇게 청명한 날에 너를 보면
요염하지도, 화사하지도 않았던
생각나는 어머니
(……)
언제나 자식들 때문에 걱정을 짊어지고
허기를 동무처럼 끌어안고 사셨던 어머니
이제는 우울할 필요 없어요
더 이상 수심에 잠길 필요 없어요
내 그리움 속의 어머니여
내 외로움 속의 장미꽃이여
이제는 내 가슴에서도
화사하게 피어나소서

요염하게 피어나소서
                    -〈내 그리움 속의 어머니〉 중에서

봄의 품에서
대지는 새싹을 내고
나무들도 잎눈을 냅니다
그리고 무럭무럭
어머니 품에 안긴 자식들처럼
푸르게, 푸르게 자랍니다
어느덧 나무들이 울창해지면
모든 걸 여름에 맡기고 봄은 떠납니다
자식들도 자라면 어머니를 떠나고
어머니도 자식을 떠납니다
여름이 왔습니다
앞으로 가을이 오고
또 겨울이 온다는 걸 모르는 걸까요
나무들은 봄을 잊지 않고 제자리 지키지만
더러 어떤 자식들은 제 어머니를 잊습니다
                    -〈어머니는 봄입니다〉 중에서

이렇게 눈이 내리면
나는 고향으로 돌아간다
막연히 누군가가 그리워지던 시절
그것은 외로움이었을까
순수함이었을까

(……)
지체하지 않고
나는 눈 내리는 고향으로 달려간다
출세가 뭔지 모르고
성공이 뭔지 모르던
가난했던 시절을 찾아간다
아늑하기가 하늘나라 닮은 세상
거기에 엄니와 아부지가 계시고
한 이불 속에서 발을 뻗고
우리 5남매가 잠드는 곳이었나니
밖에서는 소복소복 눈이 쌓이고
　　　　　　　-〈첫눈 내리는 날〉 중에서

　내게 살과 피를 주어 나를 있게 해 주신 어머니가 이제
는 추억 속의 어머니가 되었다. 시인은 시 〈내 그리움 속
의 어머니〉에서 화사하고 요염한 장미꽃을 바라보면서 어
머니를 생각한다. 장미와 어머니의 유사성 때문이 아니라,
둘 사이의 현격한 차이성 때문이다. "언제나 자식들 때문
에 걱정을 짊어지고 허기를 동무처럼 끌어안고 사셨던 어
머니"와 시인이 청명한 아침에 바라보는 화사하고 요염
한 장미꽃의 모습은 시인의 어머니에 대한 그리움을 극대
화한다. 그러나 시인은 마음을 진정하고 어머니를 부른다.
"이제는 우울할 필요 없어요. 더 이상 수심에 잠길 필요
없어요" 어머니. 말을 이어가는 시인의 음성에는 어머니
를 향한 가슴 저리는 죄책감과 절절한 그리움이 담겨 있

다. 어머니는 이미 떠나가시고 세상은 비어 있지만, 어머니는 시인의 가슴 속에서 장미꽃처럼 만개하실 것이다.

시 〈어머니는 봄입니다〉는 어머니의 젖가슴처럼 부드럽게 언 땅을 녹이고 싹을 틔우는 봄을 노래하고 있다. 시인은 어머니 품에 안긴 듯 나무들을 보면서 자연의 섭리를 생각한다. 자식은 나무들처럼 푸르게 자랄 것이고 드디어 울창해지면 봄이 여름을 믿고 떠나듯이 자식 곁을 떠나실 부모, 여름도 지나면 가을이 오고 다시 겨울로 치닫는다는 걸 모르는지 자식들은 부모를 잊어버린다고 한탄한다. 나무들은 봄을 기억하고 제자리를 지키지만, 인간은 그 품에서 언 땅을 녹이고 싹을 틔웠다는 것도, 푸르게 자랐던 무성한 여름날도 잊어버린다는 것이다.

시 〈첫눈 내리는 날〉은 사향의 노래다. 고향을 그리워하는 시들은 대체로 대동소이하여서, 유년 시절 뛰어놀던 뒷동산과 앞내가 있으며 거기서 함께 지내던 동무들이 있다. 그러나 고향이란 산천경개가 아니다. 관계와 연고가 있고 추억과 눈물이 있는 그리움의 터전이다. 전종문 시인의 사향가 역시 크게 다르지 않다. 시인은 눈이 내리는 날에도 지체하지 않고 고향으로 달려간다. "출세가 뭔지 모르고/성공이 뭔지 모르던/가난했던 시절을 찾아"가는 것이다. "아늑하기가 하늘나라 닮은 세상/거기에 엄니와 아부지가 계시고/한 이불 속에서 발을 뻗고/우리 5남매가 잠드는 곳"이 있었다. 이미 곁을 떠난 할머니와 부모님, 친구들이 그리운 곳, 그곳은 시인의 뿌리와 근원을 생각하게 한다.

3) 순수서정, 그리움

원초적 그리움이나 뿌리를 향한 그리움이 근거가 확실함에 반하여 정서적 그리움은 막연한 감정으로서의 추상적 그리움이다. 이유가 확실하지 않은 상태에서의 그리움, 구체적인 어떤 대상을 좋아하거나 사랑하는 마음이 아닌, 공허하고 쓸쓸하여 가슴이 텅빈 듯한 느낌의 그리움은 목적이 분명하지 않다는 점에서 가장 시심에 근접하는 것이라고 할 수 있을 것이다.

커피 한 잔이 위로를 주네
비 오는 날에는
창밖을 보며
내일보다 어제를 생각하네
아스라이 멀어져간 날들
슬펐던 일도 그리움으로
즐거웠던 일도
커피 맛을 돋우네
쓸쓸한 것이 내 인생 같아
커피 한 잔으로 위로를 받네
　　　　　　　　　－〈커피 한 잔의 위로〉

왜 그곳에 가야 하는지도 모르면서
왜 그리 서두르는지 모르겠습니다
차창으로 스쳐 가는 산천경개
찬란한 태양빛에 감탄하면서

버스에 실려 가며 즐거움을 만끽합니다
때로는 피곤이 느껴져 졸기도 하며 가는 여행
해 지는 저녁노을을 보면 어떤 느낌이 들까요
그리운 사연을 펼쳐 놓고 눈시울을 적시기도 하고
퇴색한 사진들을 보면서
문득 그 시절의 친구들이 보고 싶진 않을까요
　　　　　　　 -〈달리는 여행〉 중에서

까닭 없이 그리워지면
가을이다

앞날보다
뒤돌아보는 시간이 많아지면
가을이다

봄날 텃밭에 뿌린 씨가
얼마나 여물었나를 계산하는 때가 되면
가을이다

나는 지금
내 인생의 가을 길에서 서성인다
　　　　　　　 -〈가을이다〉 중에서

　시인의 쓸쓸함이나 공허함, 혹은 외로움은 확실한 원인
을 대동하고 나타나지 않았다. 막연히 무엇인지 모를 쓸쓸함이며 공허함이다. 원인이 불분명하기 때문에 가벼운 것이 아니라, 불분명하기 때문에 오히려 무거운 것이다. 창밖을 내다봐도, 지나간 일을 생각해도, 무엇을 대하여도 충족되지 않는 가슴이다. 〈커피 한 잔의 위로〉에서 시인은 "비 오는 날에는/창밖을 보며/내일보다 어제를 생각하네"라고 하였다. 그러나 시인이 말한 것처럼 비 오는 날이 아니라도 결과는 마찬가지였을 것이다. 맑은 날이건 궂은 날이건 일기와는 무관하게, 춥고 바람 부는 날이건 따뜻하고 잔잔한 날이건 기온과는 무관하게, 시인은 창밖을 내다보았을 것이고 내일보다 어제를 생각했을 것이다.

어제를 생각하는 상태는 내일을 생각하는 상태보다 시간이 급박하지 않고, 내용이 치밀하거나 심각하지 않다. 어제라는 시간은 이미 지나간 과거이기 때문에 긴장감이 없다. 설령 문제가 있다고 해도 체념하여 평정을 찾게 한다. "아스라이 멀어져간 날들/슬펐던 일도 그리움으로/즐거웠던 일도" 대수롭지 않게, 원만하게 지나가면서 커피 맛을 돋운다.

시 〈달리는 여행〉은 여유가 만만하고 느긋하다. 시인은 문득 "왜 그곳에 가야 하는지도 모르면서/왜 그리 서두르는지 모르겠다"고 한다. 차창으로 스쳐 지나가는 산천경개를 보면서 즐거움을 만끽하면 되는 것이지 서둘 필요가 없다는 것이다. 가면서 찬란한 태양빛에 감탄하고, 졸기도 하고, 지는 해 저녁노을을 감상하면서 지나간 세월 퇴색한 사진을 눈앞에 펼치는 듯 그리워하면 될 것이 아니냐고 묻는다. 목적에 시달리지 않고 느긋하게 대할 때라야 가능

한 마음의 상태다. 순수서정으로서 그리움을 펼친다면 아련하고 노곤하고 무력한 가운데 눈시울이 젖어들 것이다.

이러한 그리움은 주체를 아름답게 할 수 있다. 아등바등하지 않는 그리움이며, 아등바등할 필요가 없는 그리움은 비무장 상태의 부족감이다. 도전하지도 않고 도전할 필요도 없는, 대책을 강구할 필요도 없고 강구하지도 않는 상태에서 그는 다만 그리움을 느낄 뿐이다.

이러한 무목적 비무장 상태의 그리움은 시 〈가을이다〉에서 아주 구체화되었다.

"달빛이 그윽해지면", "몸에 딱 맞는 옷처럼 바람이 착 달라붙는 느낌이 들면", 무엇인가 "까닭 없이 그리워지면", "앞날보다 뒤돌아보는 시간이 많아지면" 가을이라는 것이다. 그리고 "봄날 텃밭에 뿌린 씨가 얼마나 여물었나를 계산하는 때가 되면" 가을이라는 것이다. 전종문 시인은 매우 여실하게 상황을 비유하고 있다. 그리고 시인 자신이 지금 "내 인생의 가을 길에서 서성인다"고 자신을 파악한 후 끝을 맺는다.

시인은 여유롭게 인생의 가을 길에 접어들었음에 만족하고 있는 것이리라. 그러나 왜 서성이는 것일까, 무엇인가 미진한 듯한가, 그래서 아직도 그리워지는 것인가?

필자는 지금까지 전종문 시인의 시를 읽었다. 이는 평론이라기보다 소박한 감상문에 속할 것이다. 전종문 시인의 글을 압축하여 말한다면 그리움을 모태로 한 자기성찰의 언어이며, 순수하고 진솔한 고백의 언어라고 할 수 있겠다. 이는 시가 지향해야 할 올바른 길이기도 하다.

　창조문예작가회의 합평회를 통하여 평소에도 전종문 시인의 시를 자주 접해온 편인데 이번 시집의 원고는 모두 처음 대하는 시들이다. 전종문 시인은 그만큼 지칠 줄 모르는 에너지를 소유한, 다작의 시인이다. 부디 건승 건필하시어 앞으로도 전종문 시인의 대작을 읽을 수 있게 되기 바란다. 『그리운 날의 수채화』의 출간을 진심으로 축하한다.